# 花溪集

安徽师范大学中国诗学研究中心资助项目

胡晓明 著

江西教育出版社
·南昌·

赣版权登字-02-2023-222
版权所有　侵权必究

**图书在版编目（CIP）数据**

花溪集 / 胡晓明著. —— 南昌：江西教育出版社，2023.8
（中国当代学人诗词选集 / 钟振振主编）
ISBN 978-7-5705-3710-5

Ⅰ.①花… Ⅱ.①胡… Ⅲ.①诗集 – 中国 – 当代
Ⅳ.①I227

中国国家版本馆CIP数据核字（2023）第142040号

**花溪集**
HUAXI JI

**胡晓明**　著

---

江西教育出版社出版
（南昌市学府大道299号　邮编：330038）

各地新华书店经销
江西赣版印务有限公司印刷
787毫米×1092毫米　　32开　　5.875印张　　94千字
2023年8月第1版　　2023年8月第1次印刷

ISBN 978-7-5705-3710-5
**定价：48.00元**

赣教版图书如有印装质量问题，请向我社调换　电话：0791-86710427
总编室电话：0791-86705643　　编辑部电话：0791-86705903
投稿邮箱：JXJYCBS@163.com　　网址：http://www.jxeph.com

# 总序

诗词何物？天地其心。发自性情，形诸歌咏。言志则乘风破浪，抒怀亦吐蜃成楼。读十万卷书以走马光阴，追五千年史于飞鸿影迹。梦笔生花，借以干乎气象；拎云拭月，得其助于江山。若长松与老柏，铁干铜柯；暨黄菊兮绿梅，春豁秋馥。怪力乱神，子之不语；兴观群怨，予或能为。乃有专攻术业，余事诗人。偶尔操觚，居然成帙。各精铨以诚恳，皆煞费其踌躇。碧桃红杏，元非栽天上云霞；跻圣谪仙，亦只食人间烟火。情钟我辈，肝肠岂别于邻家；友尚古贤，流派何分乎学院？虽然，腹笥果丰，出言尤易；舌苔稍钝，入味孔艰。吞囫囵于汗漫，百度凭他；化腐朽为神奇，六经注我。书说郢燕，美学何妨接受；薪传唐宋，神思即畅交通。树异军之一帜，倡实皖南；市骏骨以千金，伫空冀北。东海珠珍，勤网罗而有赖；西江月皎，长照耀以无亏。忝窃主编，愧难副望。聊为喤引，以当嘤求。

癸卯夏至前三日，南京钟振振撰

# 花溪随笔(代序)

## 小引

丁酉年夏,余再返花溪,于孔学堂驻园研修。十里河滩,处处山岚静秀,溪河碧清,日日宛如画中游矣。稼轩语云:"我见青山多妩媚,料青山见我应如是。"如何不负青山,亦不负我心,研读典籍之暇,游心岚翠之余,唯以随笔文字,聊记种种如次。

## 一

余晨起练太极,静思默想之间,于草叶树叶,偶有会心。细看周遭种种未名草木,其叶形,或圆或长,或纤或扁,有妍有丑,形状万千,然皆向上、向外、向阳、向天,无一或异。可悟大千世界,种种存在,各美其美,竞态极妍,然皆向外求发展、求资源、求阳光与空气，更求表达、显能、扬己，故争取资源，表现自我，无疑为生命之第一本能。然大自然之中，亦似有一无形之手，将万千形态之草木，各各安排，或低或高，或单或簇，旁见斜曳，妥帖停当，无乱象、败象、争斗相，或圆或纤，或妍或丑，皆能从容而自得，以遂其生机，古人所云"万象森然""冲漠无朕"，朱子所谓"物物各具此理，而物物各异其用，然莫非一理之流行也"，细思此事，终不可解也。

二

孔学堂位于十里河滩之中部，南北两翼，青山如螺，绿树如鬓，溪河如带，无数漫滩、沼泽、水田、花圃与湿地，如美人春衫舒展之长袖。余不可一日不见青山，亦不可一日不见此滩。常于昏旦之间，流连盘桓，于河滩看清波回旋，白鸟翩飞，听深柳莺啼，荷塘蛙语。河中沙洲、小岛、跌水、浮桥、不系之舟、亲水之亭，亦一一如数家珍矣。然此一大湿地，并非如是如是、自然原生之景观，而乃人力返自然之杰作也。由此乃悟：老子之道法自然，非原始之自然，而实为以人类之自我忏悔、自我反省、自我醒觉，重经人类之力，而归返之"自然"耳，已与原生、野蛮之自然，非同一自然矣。人类由傲慢而谦卑、罪过而自新，即所谓"道法"，即现代性返本更化之路也。

## 三

偶观扎克伯格于哈佛大学毕业典礼之演讲。一如吾国王阳明先贤所言："只念念要存天理，即是立志。"扎氏之志与天理，即世界公民之理想、共享社群之建造、连接一切之努力、人人皆有存在意义之世界。矫健、俊逸、清新，生命之风姿直上直下，扑面而来，沛然莫之能御。诗可以兴，此即是可兴；诗可以观，此即是可观；诗可以群，此即是大群。余因之而有感焉：真诗乃发挥一己之智慧，体现人类之灵魂，表达时代之精神也。

## 四

上午与诸生讲"沦肌浃髓"。现代人之语文教育，与现代人之阅读，零碎而浅表，如写字于瓷砖，画符于沙滩，雨过如洗，潮去无痕，全无受用。古典中国之阅读传统，讲求内在化，体用而引归身受，如朱子所谓"且将此一段反复思量，涣然冰释，怡然理顺，使自会沦肌浃髓"。因而今日欲求读书生活之真谛，"沦肌浃髓"似不可不讲。要义有三：一曰超感官。二曰超逻辑。三曰尚气。直凑单微，打开活路，文学之人物、情思、意象，矫健、俊逸、清新，以生命之风姿，人格之光彩，觌体相见，莫逆于心，如古人所云"沦肌浃髓，而能养民于和，固亦有不春而温，不寒而栗者"。

然而，过于主观，则不免走火入魔，故有"偶开天眼"的阅读法以救之。

## 五

今日读钱宾四《中国史学发微》，论及人物之隐而不彰。如王船山于清初姓名若晦若失，其书亦隐沦不传，然数百年后于当时之思想，放大光彩、有大贡献云云。读国史当于此等处注意。口占一绝云："粗识书中造化权，魂消风信百花前。探春诸友如相问，聚散虚空去复还。"

## 六

花溪之生活，夙兴夜寐，身心通透，节奏较沪上缓甚。如鱼戏于渊，鸟翔林间，可隐亦可显；如花开花落，莺啼虫鸣，无喜亦无嗔。散漫而有秩序，恍为葛天氏之民：日出而作，日入而息，帝力于我何有哉。

静观湿地生物之繁多,万类相生之自由,忽有思焉。庄子所谓"相呴以湿,相濡以沫,不如相忘于江湖",自近代以来,国人渐脱于血统、政统、道统,即宾四先生之所谓"三统",而相忘于江湖。江湖即无群体、无边界、无限定、无现成、无束缚、无笼罩之状态,然现代人亦因此而寂寞、而空虚,无挂搭、无归属,上不着天,下不着地。因而思返相濡以沫之涸辙耳。然此皆不知"江湖"之真义也。盖庄生玄理,其义甚圆。"江湖"之旨,须与"濠上"之乐对读。"子非鱼,安知鱼之乐",先须每一个体之生命,真有所安、真有所"乐",方有江湖之"忘"矣。而濠上世界,恰如当今之网络世界,万人如海一身藏,分众而共享,可出又可入,相忘又相呴,相分又相濡,此一大新江湖,正创造无数鱼之乐而不自知也。唐人诗云:"惠施徒自学多方,谩说观鱼理未长。不得庄生濠上旨,江湖何以见相忘"(陆希声),噫!诗岂小道也哉?

## 七

馆舍窗前,有巨幅青山,浓翠如染,日日相对,令人百看不厌。滔滔孟夏,草木蒙笼其上,随风摇漾如醉;白云蹀躞山头,尽日苍狗幻化。时有白鹭翩飞,蜻蜓戏叶，鸟跃林间，蝉唱幽处。宋人唐子西氏所谓"山静似太古，日长如小年"，余亦不知斯世何世也。

半山有草轩，一翼如画。南北接一山间小径，以竹为栏，忽隐忽显。当其显时，轻柔为体，蜿蜒如带；当其没时，绿荫丛簇，神秘存焉。小径似有无穷意思，无端召唤，引余常临窗坐对，寂然无思，而身心两忘，神气独行矣。

径与山，岂非亦隐喻天与人乎？余亦因此而悟：当其显也，轻着人力，顺承自然；当其隐也，混同物我，归于寂寞。老子所谓虚静柔弱者，神明之府也。现代人之不见天地之美与神明之容，唯甚与泰尔。

## 八

花溪之生活，又现代又古典，又西式又本土。如晨饮咖啡，而午后清茶；练毕太极拳，又聆爵士乐；一手拿手机眼看八方，一手持青瓷澄怀观道。一如王弼所谓"应物而无累于物"。余读汤用彤先生书，彼认魏晋玄学高于汉代元气论。余以为不然。盖玄学主体用一如，用者依真体而起，故体外无用；体者非于用后别为一物，故亦可言用外无体。然太极有太极之体，爵士乐有爵士乐之体，二体非一体也；手机有手机之体，青瓷亦有青瓷之体，二者亦各别为一物。然则古之所谓体用不二，何以不二？何以依体而起用，余亦不得其解也。余因而主张汉代之元气论，更高于魏晋之玄学论，此意非片纸能办，有暇将详论之。

## 九

今讲中国艺术与美学之"疏野"。现代人厌倦文明之造作与繁复，返思古代社会之率真与朴野。然疏野一品，非懒散、粗野、鄙野、狂野、疏陋之谓也。要义之一，即由文返野，如魏庆之《诗人玉屑》"诗要有野意"条引陈知柔《休斋诗话》云："人之为诗要有野意。盖诗非文不腴，非质不枯，能始腴而终枯，无中边之殊，意味自长，风人以来得野意者，惟渊明耳。"陶诗之野意，乃由高贵与精致之功，九转灵砂而之成。要义之二，疏野之背后，全幅是人生之存在状态，乃非城市、非权贵、非有为、非富贵、非秩序，凡有意之"反"，亦不疏野矣。所谓"倘然适意，岂必有为。若其天放，如是得之"，中国美学之概念，大都背后隐然有人焉。

为迎第四届东盟教育交流周，十里河滩管理方沿河驱赶钓鱼者。钓鱼者乃真疏野，可见今人造园林，皆假疏野。

## 十

夏，一人于苹果树下眠，苹果忽坠，击彼头。或有种种回应如次：其一，噫！谁人种果？何以击吾头也！其二，呵呵，果之熟也，得而食矣。其三，果之熟也，吾可售矣。其四，谁家果熟？可告之矣。其五，王维："雨中山果落，灯下草虫鸣。"其六，英哲牛顿之解读：万有引力。前四项，皆俗谛；后两项，高人也。王维乃诗兴之感发，世界自生自主，有超然物外之思。牛顿乃科学之妙悟，洞察幽微而寄心上帝。读书治学，应立足于高山之巅，脱心志于俗谛之桎梏，游心以远。此乃古今之贤人志士进德修业之大义也。

## 十一

仲夏之夜，星空璀璨，大地沉平，深树蝉鸣，流萤时飞，余亦有所思也。顾积数十年之努力，余苦心经营，力图建立一整体之诗学，姑名之曰"中国文化诗学"。何谓也？近现代以还，诗学散而为文献、笺疏、诗人、诗史、诗法、诗风及修辞，自守家法，各照隅隙，此其一也。考据、辞章、义理，鸡犬之声相通，而老死而不相往来，此其二也。诗学亦与古典中国思想之传承无关，与今日诗性之实践无关，与个体生命之表达无关，此其三也。故吾之所谓"整体"，所谓"文化诗学"，于诗之外部而论，既扬弃古人，又反思现代，既庄情孔思，又聚焦诗艺。于诗之内部而论，力求地与人合，灵与智合，实与虚合。地与人合，即江南诗学之开展；灵与智合，即意象诗学之建立；实与虚合，即化理论而为现象，以小见大，以实涵虚，由个别见一般，如唐宋诗比较论、二柄诗论、今古典论等。中国文化诗学之整体观，力图由现代道术之裂，上通生生之证、息息相关、上下相连之诗天地，以回应西学之偏胜与古学之偏枯，此境此义，乃灵魂之冒险，而经师宿儒与新潮论家，多未能梦见也。

## 十二

花溪妙境，花开又花落，无喜亦无悲。唯日日启窗，不禁对山色青青，叹衰颜自我。余问青山，何时方老？青山问余，几时归来？遂作《忆花溪》八首。

窗前百啭尽声声，长忆清晨魂梦轻。
山鸟不知人已去，殷勤唤我碧溪行。

茅台美酒浃欢声，又忆晚风匝地轻。
抛却书篇休更问，几回人世短歌行。

舒花晨雨总无声，三忆练拳骨脉轻。
记得庭边河畔草，身虽暂去气仍行。

河滩十里滑无声，四忆骑游一叶轻。
最喜小儿身似燕，长坡脱手放车行。

五忆佳肴有美声，苗歌劝酒舞腰轻。
归来回味悠悠久，梦里几番又成行。

齐喑万马不闻声，六忆夜谈重若轻。
莫道皆成自了汉，人间向有菩萨行。

七忆世交隔壁声，诗书埋首利名轻。

请观世上教书者，几个高高山上行。

夏夜学堂几蛩声，携妻牵子语声轻。

繁星天上眼如眨，影藻波中踏月行。

胡晓明
二〇一七年八月二十六日于贵阳孔学堂

# 目录

## 总序

## 花溪随笔（代序）

### 记亲
辛丑秋晨送儿赴多伦多 / 001
与玲廿二年结婚纪念日赋寸心未与年俱老岁月唯余眼尚青
　续成三首 / 002
寿母亲大人八秩晋六赋寄三首 / 004
戏仿白乐天 / 005
妻生日忆及二十一年前新婚题词惠而好我携手同行遂以居家
　散步之地布帛菽粟之味杂写为叙以寄芳辰二十六韵 / 006
平安歌 / 008

### 记时
除夕贵阳喜雪以忽如一夜春风来起兴四绝句 / 010

元旦开笔七绝七首 / 012

辛亥中秋对月五章 / 015

辛丑端阳感赋 / 018

雾霾竹枝词二首 / 019

辛丑清明六绝句 / 020

题阳台初放桃花三首 / 023

四月杂花遍地田园将芜感赋六首 / 025

题南京大屠杀死难者第八个国家公祭日 / 028

冬至二首 / 028

元旦新岁题画四绝句 / 029

初雪五章 / 031

## 记行

敬拜国殇墓园三首 / 034

和顺古镇 / 035

芒市机场辞别 / 036

余至雅典曾于亚里士多德学舍遗址畔低回流连久不能去花溪经校第一期开讲感赋七绝二首以纪之 / 036

富春江上游六首 / 037

题湖畔旧宅十首 / 040

癸卯春日又到旺山赋三首 / 045

西洱河十首 / 047

春夜访孤山林处士墓二首 / 052

吴山题咏四绝句 / 053

栖霞岭二首 / 055

题梦栖园 / 056

## 记事

贺沈喜阳博士答辩成功七绝二首 / 057

感西湖柳近事次韵陈老莲 / 058

丁酉回家过年杂咏八首 / 059

题华东师范大学作家与批评家文献展三首 / 063

壬寅春日纪事绝句十七首 / 064

观跨年晚会节目赳赳老秦有感三首 / 073

尊与恩 / 074

题第二十二届中国文论年会七绝七首 / 076

成都英才殒命芝城感少年之梦碎悲慈萱之长恨赋此四绝以悼之 / 079

七律二首奉母校生日寿 / 081

国光先生诞辰百年感赋 / 082

题程章灿馆长亲临闵行校区图书馆讲座 / 083

题骆新讲座华东师范大学图书馆 / 085

题上海市写作学会五绝句 / 085

某馆长问事于余猛忆有商家昔曾邀余加盟一古籍项目允敝馆约二十余种精善本再印或已面世矣惊梦一场颇释然转念及藏固安稳印亦欣然戏得一绝以记之 / 088

晨起校园口占 / 088

题王欣夫先生诞辰百二周年藏书展 / 089

君来 / 089

第二十三届年会闭幕自羊城返沪 / 091

题中国文论癸卯苏州高端论坛闭幕 / 093

香港城市大学八日访学杂诗 / 094

自题香港城大讲座 / 100

## 记岁

庚子劝读歌三首 / 101

长安愁诗三首 / 102

樱花八首 / 104

借问 / 108

题阳台新花二首 / 110

题贵阳家中银柳四首 / 111

新月 / 112

亚中招邀香雪海感赋六首 / 113

## 记友

哭萧驰 / 116

萧驰教授挽诗十七韵 / 118

萧先生挽诗十五韵 / 119

遥寄南开张毅盛江洪德诸友 / 120

题吴公承学陈公尚君获思勉大奖 / 120

程章灿馆长辞位赋寄 / 121

王新才馆长辞位赋寄 / 122

自题辞位一首寄诸友 / 123

刘志伟兄相邀赴中州会未成行赋诗相贺 / 123

题友人寄莲蓬 / 124

题润民追光八阕后 / 125

七律一首奉祝杨明先生八十大寿 / 125

挽王胤先生 / 126

挽刘学洙先生 / 127

题费永明先生捐赠手稿馆藏品 / 128

题伯海教授获杰出贡献奖 / 128

## 记书

题钱锺书论列子二氏并举托孔赞佛有感而作二首 / 129

自题鹏背集五首 / 130

奉悉程章灿教授赠江南通志感赋二首 / 132

题陈平原教授手稿集 / 133

邓小军教授撰文永王璘案真相并释李白永王东巡歌十一首
　踏勘江西南昌永王墓得句满村能说璘名字感赋二首 / 134

题郑逸梅先生手稿入藏我馆 / 135

奉悉梦选楼诗存次静如韵 / 137

题王水照文集发布暨学术研讨会三首 / 138

## 题图

题纽约中央公园奇妙事 / 139

题新闻土图三首 / 140

题师训班合影图赠引驰兄 / 141

题韦伯镜影图 / 142

题荒漠枯泉图 / 144

题大雁失路图 / 144

题钱默存先生像 / 145

题朱光潜先生像 / 145

题文明之殇图 / 146

题原野太极图 / 146

题宋琳手稿图 / 147

题时代周刊图 / 148

题草原小羊图 / 148

题败登图 / 149

题吐火罗国近事图 / 150

题小驹求乳图 / 152

题故辙草坡图 / 152

题饮马春渚图 / 153

题上海航天卫星访火星图 / 153

戏题俞宁教授小熊春意图 / 154

题小平诞辰图 / 155

题中堂名句图 / 156

题溪山琴会图 / 157

题广州年会图 / 158

题青海黄云图 / 158

题稗草蛀虫图 / 159

题法国舞者图 / 160

题卫星撞天图 / 160

## 附录

孔学堂之私人地名小辞典 / 161

# 记亲

## 辛丑秋晨送儿赴多伦多

### 一

万千嘱咐言多日,
相对侯机无一辞。
十八光阴弹指过,
秋风吹老镜中丝。

### 二

镌磨顽石出莹玉,
踊跃祥金看莫邪。
纵有关山千万叠,
玉箫书剑走天涯。

三

遮颜口罩掩惶惶,

海上金风雁几行。

知有他乡离隔夜,

半床明月是秋霜。

## 与玲廿二年结婚纪念日赋寸心未与年俱老岁月唯余眼尚青续成三首

一

非关阆苑佳期事,

且共歌吹行路难。

长夜晓珠明又定,

此生常对水晶盘。

## 二

几番疾后又昭苏,

廿二光阴幸不孤。

濡沫涸鳞相尔汝,

更期白首忘江湖。

## 三

一自书斋琴瑟好,

高山流水听玲玲。

寸心未与年俱老,

岁月唯余眼尚青。

## 寿母亲大人八秩晋六赋寄三首

### 一

八六人生惊鬓丝,

宾筵芳醴一开眉。

飘零书剑清歌夜,

少女侠情谁可追。①

### 二

百年国史奈何天,

几度沧桑几月圆。

知有慈心长夜在,

朔风荒漠一甘泉。②

---

① 母亲十三岁慕剑仙侠客,十四岁参加打土匪,移情革命。
② 母亲曾任市疏散办主任,善用职权,解若干苦民于急难困厄之中。

三

灾年树蕙急风吹，

玉笋班头众口碑。<sup>①</sup>

想得友亲围坐暖，

海滨千里举金卮。

## 戏仿白乐天

我有远方儿， 隔在多伦多。

我有深深虑， 化为梦中歌。

可怜父母心， 无日不搓磨。

欲解深深结， 无音其奈何。

---

① 母亲任团市委书记期间，举拔青年好学上进人才若干，皆成为省市干部骨干。

## 妻生日忆及二十一年前新婚题词惠而好我携手同行遂以居家散步之地布帛菽粟之味杂写为叙以寄芳辰二十六韵

哺食便携手，　浦水过河梁。

两楼夹一巷，　小贩聚盲肠。

或售Ａ级片，　或卖偷电箱。

魔都万花筒，　咫尺异炎凉。

出巷即名校，　廿年雾里藏。

豆儿长住宿，　弃尔学区房。

人生每如此，　近旁总不香。

梅川路到底，　医院几回忙。

最忆麻醉醒，　妻手暖洋洋。

右转杏山路，　美食加靓汤。

穿街入花园，　森然万木芳。

仰首住院部，　红字刺眼眶。

嗟我眼前人，　忧绪何惶惶。

天末凉风起，　岁月几玄黄。

行到水穷处，　常见大妈忙。

街灯怯情侣，　鬓影磨衣裳。

曹村经年久，　近日重精装。

可怜几代人，　螺壳做道场。
叩门问阿姨，　叙之亦感伤。
黯叩多歆幸，　妻恩叹莫偿。
我欲觅玉器，　为卿系明珰。
我欲入金店，　为卿点新妆。
贤卿弃不顾，　只爱诗数行。
半斤葵花籽，　生日纪嘉祥。
未知物侯换，　但觉岁时长。
珍重此芳辰，　相敬酒一觞。

### 平安歌

君不见,几回空许文酒宴,

春去冬来人已倦。

对屏讲论虎岁移,

守株谁待兔年变。

又不见,九旬老母倚门望,

天涯游子年华贱。

我欲驱车看魔都,

满街快递奔如箭。

我欲一访图书楼,

学生皆如离巢燕。

最是尽心有大医,

火线天职斯人任。

愧我书生空论道,

无奈神州遍毒浮。

日前内子有寒热,

侍奉汤药费关心。

本拟杀入决赛圈,

岂知我亦弄轻阴。

作诗开会皆不废,

太极神功毒不侵。

曝背读书兼习字,
冬阳熙熙贵如金。
不烦友人远赠炭,
暖得曲身作直身。
女儿阳前亲送药,
至今尚度冰霜辰。
阳人双双心甚慰,
儿子他乡劳问频。
八方圈友建言后,
满室芬芳共一春。
却嫌魏王南皮叹,
唐突天意天不仁。
愿君共与春风约,
茅台相斟情倍亲。

# 记时

## 除夕贵阳喜雪以忽如一夜春风来起兴四绝句

### 一

忽如一夜春风来,

万户千家玉皑皑。

初度东君入梦寐,

平分喜气到涓埃。

### 二

大雪纷纷自北来,

春醪今始向谁开。

前村昨夜寒风里,

知有征夫人未回。

## 三

明朝莫更共愁来,

瑞雪丰年阔景开。

四海五洲同语笑,

新冠旧毒俱尘埃。

## 四

漫舞梨花洗眼来,

牛奔虎至好怀开。

八旬慈母呼儿起,

六七老翁心尚孩。

# 元旦开笔七绝七首

一

梅边飞雪浣诗情,

岁尾新诗唤酒兵。

联句飘香知有梦,

墨花落纸听无声。

二

青春岁月抵万金,

福地洞天何处寻。

玉树芝兰楼馆静,

芸窗藏凤卧龙深。

## 三

庚子拼争辛丑随,

曲园花落谢家池。

支撑两副寒穷骨,

养活一番春意思。

## 四

望断飞鹏无故人,

长安阻隔话艰辛。

遥知新岁花千树,

尽是九州疫后春。

## 五

坤牛负重寒冬尽,

寅虎登高意气伸。

长啸祷祈新疫去,

佳联聊寄一枝春。

## 六

此时相望不相闻,

春在枝头已九分。

何处灯前书草草,

江南千里待东君。

## 七

书有幽香室有芬,

一枝一叶自氤氲。

分明昔日江南长,

北国犯寒雨雪雰。

## 辛亥中秋对月五章
### 一

仙人垂足桂团团,

歌月呼盘昨梦残。

今夜蟾光波万里,

思亲念母涕汍澜。

## 二

江南烟水碧云低,

人杳书稀梦亦迷。

最是多情窗外月,

楼东照了又楼西。

## 三

乡梦迷人百草花,

姓名藏月是侬家。

苍茫云海人天老,

揽取清光恃酒槎。

## 四

桂香八月酒初倾,

银海千顷静欲鸣。

待看三更灵兔上,

好将空碧浣诗情。

## 五

几处彩云镜里飞,

一轮东海自光辉。

愿随滟滟千万里,

四海为家携醉归。

## 辛丑端阳感赋

### 一

南人而北学文王,

天下人心何所妨。

莫道灵均情狭隘,

靡常天命见真章。

### 二

虏使其民权使士,

鲁连蹈海屈沉湘。

至刚大勇何所畏,

长矢举兮射虎狼。

三

天涯怅望九回肠,

怀故都兮不可忘。

家国如今端午外,

满屏祝福话安康。

**雾霾竹枝词二首**
一

漫言雾霾总遮天,

再听莺啼破晓眠。

桃浦河边杨柳岸,

春波漾漾草纤纤。

二

四月狂飙一笑轻,

山花如醉盏同倾。

不因芜秽污前夜,

肯信春天更莹清。

## 辛丑清明六绝句

一

初觉樱花逐逝波,

更怜人面好花多。

分明照眼花飞尽,

何处葬花黛玉歌。

二

疫情海外起新波,

人祸天灾化鬼多。

何幸此邦封守后,

清明街巷沸笙歌。


三

清明时节残阴半,

朝露人生去日多。

纵使有花皆有落,

何因长叹复长歌。

## 四

荷叶团团绿尚新,

柳绵点点正怜人。

不知轻絮飘飞后,

又见校园几度春。


## 五

犹守残红最高枝,

任它飞瓣坠一池。

忍看朋辈成新鬼,

敬向花间撷小诗。

## 六

斯世可堪歌浩荡,

此生看得几清明。

开窗抛却春寒句,

忽见云高天宇晶。

## 题阳台初放桃花三首

### 一

隔窗风漾数声莺,

欲绽新花照眼明。

昨夜小楼霜气甚,

梦中呵手暖寒声。

## 二

酡红赪玉数枝斜,

一夜熏风即吐芽。

长忆六桥风日好,

莫教一片映余霞。

## 三

经冬桃小拂窗低,

曾锁江南望眼迷。

今日初花依旧好,

试听千里绿莺啼。

## 四月杂花遍地田园将芜感赋六首

一

小桃深浅映窗纱,

柳絮飞时伴暮鸦。

过尽春光人未返,

江南又见断肠花。

二

新放湖边万朵花,

梳风沐露幻云霞。

寻常一种春消息,

三嗅临风长叹嗟。

三

八方神女舞长袖,

七彩仙姝云鬟斜。

欲道此花奇丽处,

今春回首锁千家。

四

园花寂寞化涓埃,

荒草寒藤绕树苔。

纵有石阶关不住,

一枝昂首漾风开。

## 五

天子呼来不上船,

小村户户隐真仙。

城中新造花如海,

输与侬家月季妍。

## 六

绿肥红瘦不须嗟,

春有奇香夏有葩。

如此忧伤如此乐,

人生难遇是诗家。[①]

---

① 诗云:"如此忧伤,如此愉悦,如此独特。"

## 题南京大屠杀死难者第八个国家公祭日

痛史难安劫后人,

战云不散海扬尘。

如何兵气终消歇,

草色新新万里春。

## 冬至二首

### 一

年年至日待回春,

忽忽疫愁泥杀人。

半榻终朝汤与水,

一灯长夜影怜身。

二

曝背读书茗数杯,

冬晴身暖真快哉。

欲知新岁阴阳事,

春气偏从池草回。

## 元旦新岁题画四绝句

一

绝似唐诗忆旧踪,

孤舟远树有无中。

冰天应有渔翁在,

知在千山第几峰。

二

一梦沧桑太遽匆，

横槎枯木卧疲癃。

莫嗟雷电交加夜，

黍谷回春待律风。


三

积雾云山望似空，

嘘枯苏槁恨无功。

只愁无路不愁进，

拱卒向前勤厥躬。

四

白云山路弄初晴,

绿野春来照眼明。

安得吟鞭驱浩荡,

郁葱佳气伴君行。

## 初雪五章

一

何方天女乱飞花,

袖里霏微片片斜。

输与幻身沾花在,

本来佛境是诗家。

## 二

爱它好物不坚牢,

万里清空银絮飘。

策杖携孙河畔去,

蟾宫扶醉踏琼瑶。

## 三

绝似良医气自申,

纵横慷慨岂谋身。

蜡梅一夜馨香透,

知是冲寒第几春。

## 四[①]

瑞雪今朝倍可珍,

飞花遥寄万枝春。

三更欹枕闻雷雨,

知是神州洗孽尘。


## 五

大地多阳雪不凝,

千街百巷冷如冰。

安得祥霙年夜舞,

神州团圞万家灯。

---

① 作于壬寅冬十二月,公历1月15日。

# 记行

### 敬拜国殇墓园三首

一

碧血千秋百草香,
无边丝雨说哀伤。
如何七十年前事,
有泪朝朝咽怒江。

二

当年赴死一身轻,
泉下至今气不平。
最是惊听肠更断,
老兵猪圈了余生。

三

国殇园里晚风酸,

一石一碑细细看。

纵有孤魂旧冢在,

不书正史梦难安。

**和顺古镇**

百年榕树鸟声温,

十里莲香舟自横。

莫怪民风和又顺,

缥缃万卷藏乡村。

## 芒市机场辞别

莫将海上比腾冲,

六日仙乡别又匆。

今夜南疆无限绿,

霏霏细雨入谁梦。

## 余至雅典曾于亚里士多德学舍遗址畔低回流连久不能去花溪经校第一期开讲感赋七绝二首以纪之

### 一

谁家弦诵谱新声,

潜入山风傍水行。

十里河滩无限绿,

碧波如带夜云轻。

二

惯听近世尽蝉声,

香象深深海底行。

一自旧邦新命启,

中西圣哲不相轻。

## 富春江上游六首

一

三十年前江上看,

无知愧对子陵滩。①

如今江水清如旧,

古树犹琴风自弹。

---

① 余辛未年初游此水,竟不知七里濑为何物,噫!

## 二

曲项向天水一涯,

白墙青瓦岸坡斜。

大痴身后痴何甚,

一卷舟行画里家。①

## 三

论画品茗兴未阑,

桐江冬月水初寒。

夕晖将敛闸将启,

缓缓清波缓缓漫。②

---

① 赵老师团队执念不改,克艰破难,终泛一小舟邀余于江上讲《富春山居图》。
② 今自富阳至桐庐,已无天下独绝之山水。江水上下落差约二十米,须前后启闸,抬升江面,方可行舟。

## 四

滩声七里不成鸣,

建德江波作镜平。

两岸篝灯明灭过,

寥天凉月一钩轻。

## 五

书香自爱自为群,

人到中年学转勤。

讲罢不知舟抵岸,

释疑引绪更纷纷。①

---

① 深圳赵蓉老师所率,是真读书人之游学团队。

## 六

严光高刃清风意,
子久瀑流痴坐情。
一自钓台低首后,
富春春水梦中行。①

## 题湖畔旧宅十首

### 一

篱落稀疏树阴阴,
林禽远近唱好音。
无端点点桂花雨,
滴破悠悠槛外心。

---

① 夜投富春山居酒店,恍然不知身在何处。

二

西湖梅雨忆前尘,

六载荒园影伴身。

莫道主人将委弃,

明年又放一枝春。


三

斫竹编篱事已陈,

落窗起阁总非真。

唯有双松偃蹇在,

斜晖摇曳向行人。

## 四

番炙园中醉骨香,

悬床林下午荫长。

哦罢新诗无个事,

飞花自在引飞觞。

## 五

湖天寥阔静风时,

云海苍苍寄所思。

最是朦胧三五夜,

诗催明月月催诗。

## 六

已将旧宅结新缘,

更遣痴心入远烟。

田主从来皆过客,

征鸿何处又春山。

## 七

长天秋水雁相期,

落日余晖行帐低。

记得少年曾蹴鞠,

如今跨海恋梅西。

## 八

盈湖十里尽诗材,

点点轻鸥四望开。

如此烟波如此画,

云中谁乘锦舟来。

## 九

金粟妆成一抹秋,

小园无处遣离愁。

别怀恰似飘丹桂,

香到窗头更枕头。

十

破壁修梯难闯关,

宅兹此土事多艰。

莫嗟始爱终相弃,

华屋丘山梦几般。

## 癸卯春日又到旺山赋三首

一

三生花草梦苏州,

此语年年魂梦勾。

揽翠掬香偷数日,

清明过后见春羞。

二

残春禽语盈窗扉，

林涧竹光隐翠微。

三月芳香摇漾处，

尧峰山下晚花飞。

三

重觅客寮记未真，

旺山幽处荡心神。

似曾相识书窗下，

忽对前尘梦影身。[1]

---

[1] 餐后漫步，迷不知路之远近，草坡树脚，花树之间，忽见一灯荧然，行箧半开，杯盏新沏，何等熟识，噫！竟现身于老夫房间阳台之外，恍如隔世分身照面矣。

## 西洱河十首

### 一

垂纶冬泳健身忙,

波有鹭兮鸥有翔。

兴味从来都市少,

寸阴今似洱河长。

### 二

舒眼天光接水光,

风花雪月是诗乡。

衰年问舍临西洱,

英少师心入点苍。

## 三

西洱东去碧潺湲,

浪里波间啼晓猿。

玉局千年山上雪,

人间万里武陵源。

## 四[①]

耶娘妻子走相送,

续有新丰折臂翁。

南诏名篇当代史,

而今无处不熏风。

---

① 余昔游苍洱之间,尝留意南诏天宝史迹。寻茶马古道、上龙尾关、过黑水河桥、访德化碑、观将军洞、吊万人冢,低徊留连,未尝不想象当年人物故事,未尝不感叹。俄乌冲突之伊始,余亦作《兵车行》以纪其事。故地重游,光阴轮转,苍洱之风景依旧,而时代之感发又新。遂口占二绝(即为四、五二首)。

## 五

杜鹃花对万人冢,

血海千年化芳馨。

文化从来终德化,

虬髯客本杜光庭。①

## 六

浮水鸬鹚恣抑扬,

新娘更着婚纱忙。

同框搔首摇姿意,

一为生存一为郎。

---

① 杜鹃花,大理市花;万人冢,唐天宝年征南诏阵亡军士冢;血海,《兵车行》"边庭流血成海水,武皇开边意未已";德化,传《德化碑》作者为杜光庭。

## 七

叫花鸡对雪畦蔬,

兵气销融民气舒。

一曲兵车吟唱后,

心游武帝拓边初。

## 八

微信呼余消息通,

苍山小院住张公。

仙乡天碧花长好,

无乃辞行太匆匆。①

---

① 海鸥教授微信告知已住月余,后天返羊城。

## 九

一鸢垂野水天阔,

万户依山乡梦长。

怕说春来人是客,

忽观鸥鹭已相忘。


## 十[①]

风微坡缓马蹄轻,

归处万家灯火迎。

忆得月光车摇漾,

稻花香里向山城。

---

① 十五年前某仲夏之夜,余携妻儿游洱海。船机鸣震耳,油烟味重,颠簸甚剧,豆儿晕船欲呕,情绪狂乱,余与玲左右扶持,紧挟而稍稳之,豆儿渐安渐入睡。约一小时许,船靠岸而人心安。然豆儿坚不欲乘出租车,遂租一马车,于码头买卤花生一包,一路剥嚼而驶往大理古城。噫!月光如水,马蹄声柔;古城灯火,如梦如幻。向之颠劳困顿,忽转为歆幸甘甜。此中微意,后日续又一一体认之,然诗不能纪其万一也。

## 春夜访孤山林处士墓二首

一

暗香小径迷红霞,

背向湖光气自华。

不学填红青客眼,

宋碑斑驳认诗家。

二

一湾花树自喧喧,

几点疏星对语温。

春夜寂寒人去后,

折枝残瓣试招魂。

## 吴山题咏四绝句

一

阮公祠上水岩中,

童子青春焉所终。①

莫道红尘撒手去,

高人转世李叔同。

二

吴山遍觅老坡诗,

又是桃红初绽时。

记得感花留别句,

年年说与春风知。②

---

① 吴山青衣洞,传说有青衣童子一去不返。
② 苏东坡《留别释迦院牡丹呈赵倅》:"春风小院却来时,壁间唯见使君诗。应问使君何处去,凭君说与春风知。"杭州人刻诗于吴山感花岩。

三

桂子荷花望远空,

流传故事画屏中。

三茅古观沐风处,

立马吴山第一峰。

四

云居村后碧阴阴,

庭院入山恐不深。

泉暖瓷青存古道,

主宾乞舍两无心。

## 栖霞岭二首

### 一

烘染霞光二月天,

点皴堤柳一湖烟。

初阳台上舒太极,

已忘初阳是去年。

### 二

抱朴仙音云里听,

摩天梵塔高伶俜。

栖霞宝石绝名相,

仙掌白对佛头青。

## 题梦栖园

一

柔橹咿呀傍柳条,

雨声萧瑟渌波摇。

等闲声入江南梦,

知是塘栖第几桥。



二

莺声红鲤戏相呼,

竹影白墙湖石癯。

为问天香飘桂日,

来时旧曲新翻无。

# 记事

## 贺沈喜阳博士答辩成功七绝二首

### 一

飘零书剑踏歌还，

妻子同屏共破颜。

莫道三年飞景促，

修途荆棘几多艰。

### 二

三年饥走阴山道，

名字偏生是喜阳。

大疫逆行真侠少，

惜君功竟不飞觞。

## 感西湖柳近事次韵陈老莲

陆次云《湖壖杂记》云:"两堤垂柳,余幼时及见其盛,明鼎移时,皆罹剪伐。陈洪绶曾写一图,自题其上曰:'外六桥头杨柳尽,里六桥头树亦稀。真实湖山今始见,老迟行过更依依。'若幸之,而实惜之也。每放步其间,不胜张绪当年之想。"余亦感湖上之近事,抚古今之陈迹,追怀曩游,次老莲韵,作七绝二首。

一

三月天光云水渺,

孤山春晓柳枝稀。

凭谁再说老莲画,

张绪当年影共依。


二

留发留头事已矣,

摘瓜燃豆迹全稀。[1]

深情唯有白娘子,

魂返断桥何所依。[2]

---

[1] 唐章怀太子《黄瓜台辞》:"种瓜黄台下,瓜熟子离离。一摘使瓜好,再摘令瓜稀。三摘尚自可,摘绝抱蔓归。"
[2] 陈寅恪《壬辰广州元夕收音机中听张君秋唱祭塔》:"唯有深情白娘子,最知人类负心多。"

## 丁酉回家过年杂咏八首

一

贵阳阳气古称稀,
鸡岁还听茅店鸡。
人是晓明天未晓,
只缘身在夜郎西。①

二

乡心入梦幻复真,
岁岁归来疑此身。
最是亲爷衰病老,
牵衣问我是何人。

---

① 今朝七时半,窗外仍黑茫茫一片。问老母:"天尚可明乎? 天尚可明乎?"

## 三

卅载归来作客时,

天边黄叶鬓边丝。

谁知年少朱颜好,

曾刻碧梧鹣鲽诗。①

## 四

君家街尾我街头,

百世修缘船自流。

莫向故乡夸此事,

油污满地替人羞。②

---

① 南明堂儿时嬉游刻诗之梧桐,今已壮如巨橡;儿时上学经行之小路,今已列为别馆禁苑,唯隔宫墙而遥相望矣。
② 大夏大学创校校长王伯群先生故居在护国路,余家亦护国路。然此为贵市极脏之路。先贤有知,情何以堪。又,近已改善。

## 五

十二轩阑记若干,
霞光影似梦中看。
柳深昔有弦歌在,
知在河西第几滩。①

## 六

山城节物食尤佳,
鲜掉眉毛香透怀。
今古风流双极品,
农家粉在状元街。②

---

① 南明河畔,昔为明代诗人墨客聚居之地。今石岭街,即明代杨家花园"石林精舍"之所在也。
② 有清一朝,贵阳出文武状元各一人。文名赵以炯,武名曹维城。曹状元"长剑倚青天,高门列画戟",更风流倜傥,富贵不骄,为人豁达,钟情松石,好招客饮酒,追欢忘形。今贵阳有曹状元街,街头有农家米粉,食材极佳。一粒软哨,即回味悠长。

## 七

香醪酒酿蛋花飧,

老母端来春满门。

忆得儿时迟睡起,

炉边糟蛋尚微温。①

## 八

拈花梦雨拂云枝,

应是贤翁半醉时。

一自灵风飘瓦后,

不从天阙问仙芝。②

---

① 余晨起练拳,每虚掩户门而出,返,甫至门,即有醪糟酒香,扑鼻而至。儿时晨起,床头常见母亲手书一纸,灶上有蒸锅,锅里有鸡蛋云云。岁月如流,母爱如天,常在常新,吾生何幸也。
② 谢适斋先生惠手书义山诗《重过圣女祠》。

# 题华东师范大学作家与批评家文献展三首

一

中宵月落沉高树,

斜雁秋来书远天。

谁向江郎求彩笔,

再酬诗债斗新篇。

二

本是荒年狂想曲,

更将诗酒赌春青。

天寒白屋思归客,

几个书生任醉醒。

三

系马高楼垂柳边,

张灯深夜乱书眠。

何人寄梦乡音远,

芳草青山二月天。

## 壬寅春日纪事绝句十七首
一

三更苦力四更天,

冬夜罡风吼路边。

最是寻儿心底梦,

京城望月几回圆。

## 二

一尘疫劫大如山,

忍看老师去不还。

梦里分明思笑貌,

不知何路慰慈颜。[①]

## 三

掉头而去静为先,

欲与青山作伴眠。

却看飒衰无尽意,

不如老树弄芳妍。[②]

---

[①] 记李振潼老师去世事。
[②] 居家或入院,养老难题。

## 四

杠上开花海底月,

摸来报听门前清。

方城终日翻悲喜,

一将真堪托死生。

## 五

本来名字即文学,

知府高才世少双。①

纵有金樽皆婉拒,

心灯夜夜映芸窗。

---

① 获赠汪文学新著三种,钦其才学美富。

## 六

昔日诗人今太守,

王黔本自不群才。

也曾初入铨闱试,

长发飘飘任去来。①

## 七

谁人痴问老情天,

一草一花思少年。②

最是无心还有意,

人生至味是疯癫。

---

① 与汪文学教授兄王黔餐聚,王黔兄曾考上华东师大研究生,因故未得入学。
② 作《南明堂叙事》追寻儿时旧事。

## 八

香烛阴钱奠渺冥,

仃俜故事不堪听。①

重泉无限伤心事,

犹向春风摇挂青。

## 九

中锋缏首晓光前,

冰海沉船意更妍。

我与适翁同恋旧,

个中微旨倩谁宣。②

---

① 祖母王淑君,先祖父原配。被划为"小土地出租",不可留置贵阳家中。不识字,吾父每月寄二十元,均被乡亲某无赖劫掠。长久以往,饥无可禁,遂孤身乘车往贵阳,终殒命于贵阳火车站。呜呼!儿时记忆中,祖母着黑衣黑帽,身形瘦小,长年愁颜,苦人也。
② 与适翁饭局中谈及两部老电影。

## 十

情韵连绵风趣巧,

诗书画印最多姿。[1]

忽然腕底飞灵气,

抹布翩翩也自奇。

## 十一

适翁八十更贪杯,

乘醉倾心笔墨非。

最喜两团狂线舞,

怒鸡瞪眼锦毛飞。

---

[1]《古画品录》评戴逵"情韵连绵,风趣巧拔"。

## 十二

虎年歌唱失欢声,

一链神州夜夜铿。

尚忆盲山孤女事,

残花深壑雁哀鸣。


## 十三

或似猫猴扃洞底,

或如白鹇弄云间。

飘茵堕溷古今事,

一样雪花天意悭。

## 十四[①]

鸿文诗笔赞沙滩,

云影天光漾碧澜。

一自三贤碑传后,

黔中春色草漫漫。

## 十五

亦曾携稿谒沙滩,

三传终篇苦郁盘。

黄鹤云中飘渺后,

禹门山外汗青丹。

---

① 此诗为悼黄万机先生二首之一。

## 十六

哑咿稚语女儿心,

片纸家书感至今。①

欲把功名还岁月,

朝朝暮暮惜千金。

## 十七

汤圆甜酒味犹存,

又看离家别泪痕。

今夜乡心何处系,

雪窗炉畔一灯温。②

---

① 偶见女儿昔日手书。
② 初八由筑返沪。

## 观跨年晚会节目赳赳老秦有感三首

一

徒裎捐甲壮师干,

最美时人跨岁欢。

忽有萧萧风入耳,

当年易水月光寒。

二

赳赳老秦尚首功,

万民虏使又秋风。

鲁连蹈海孟姜哭,

莫怪从来青史空。

三

伧夫久已思攀赵,
宏论岂能忘过秦。
记得诗仙高妙句,
平生心迹最相亲。

## 尊与恩

一

本来功过待深论,
岂料仆人气自尊。
到底不知颠倒事,
千家万户劝酬恩。

## 二

道势相分世难论,
惯于禄位即当尊。
官场一种新瘟疫,
殃及中文是感恩。


## 三

女神今日许谁论,
大爱仁医奉一尊。
最是方舱相送后,
无言患者念深恩。

# 题第二十二届中国文论年会七绝七首

## 一

久苦凶年百险艰,

海滨文会一开颜。

却堪火热水深日,

人在诗书幽壑间。①

## 二

謦欬神情唤不回,

卅三往事话追陪。②

夜来谛听东溟水,

后浪新新晓色催。

---

① 据气象预报,气温高达三十八摄氏度,然参会人员近二百人,为历年之最。

② 一九八九年上海年会,有元化师、中玉师、明照先生、运熙先生等前辈在,如坐春风。

## 三

拓荒古径向峰巅,

文论百年别有天。

掘井穿岩山脉下,

播香千里掬芳泉。

## 四

夏雨莲开廿二新,

养根俟食待千春。

纵教霾雾污泥在,

映日连天不染尘。

## 五

煮鹤焚琴寄慨深,

天荒地老识文心。

螳川人影谁能忆,

凭记丁仙老鹤音。①


## 六

睡美人前寄兴乖,

西山文会见胸怀。②

美人原是张红拂,

星月为冠松作钗。

---

① 文勋教授贺辞,嘱将一九七九年云南西山年会文献《螳川集翠》分印代表,旧影珍墨,极可宝贵。

② 一九七九年西山文论会,文勋教授有诗"美人不解沧桑事,犹对滇池照晚妆",盖戏和霍松林教授诗"美人一睡几千年,辜负滇池照影明。梳洗何当临晓镜,中华儿女尽长征"也。睡美人意余于象,深义领略,自在解人。

## 七

愧余衰病久停杯,
珍重佳期几往回。
旧雨新盟来岁约,
春风沂水舞雩台。①

## 成都英才殒命芝城感少年之梦碎
## 悲慈萱之长恨赋此四绝以悼之

### 一

他乡魂断欲何之,
生日佳儿礼到时。
天下母亲齐一恸,
西风吹老镜中丝。

---

① 明年年会将于曲阜举行。

二

香港篝灯甘贱贫，

芝城折桂壮游身。

无端掷碎少年梦，

痛绝谁堪黑发人。


三

盖地悲歌无地埋，

临风玉树疾风摧。

如何秀士天常咎，

未许尽心更尽才。

四

名庠不保变凶门，

枉有尖端何足尊。

一自枪声传四海，

万千慈母夜惊魂。

## 七律二首奉母校生日寿

一

七秩春秋行益健，

朝晖大夏复光华。

千帆已过苍茫海，

五朵徐开幸福花。

东渡道人新义弃，

西游羁客渐还家。

祝伊上寿无多语，

请看高天雁阵斜。

二

初消暑气风兼雨,

已是深秋桂未华。

知有连环衰盛意,

仍存仿佛梦中花。

每将中学通西哲,

更待诗家贯史家。

莫道丽娃俱是客,

千丝细柳向风斜。

## 国光先生诞辰百年感赋

一

南方实有未招魂,

远去鹃啼碧血痕。

一自荒原春雨后,

千花百树万声喧。

二

岁久难招自古魂,

事如荒梦了无痕。

谁人反顾高丘叹,

影落长松静不喧。

## 题程章灿馆长亲临闵行校区图书馆讲座

一

天禄厫楼难具陈,

老聃一去掩沙尘。

何人更汲仙林水,

来饮蛮荒渴暑人。

二

草长莺飞四月天,

纸香墨气漾花前。

君言恰似三春雨,

繁艳千山啼杜鹃。


三

千元百宋不相夸,

海市南雍能几家。

说罢琅嬛仙境事,

篝灯一路逐轻车。

## 题骆新讲座华东师范大学图书馆

北国江南吞一气,

诗书箫剑证前身。

少年魂梦招何处,

四月春风说骆新。

## 题上海市写作学会五绝句

一

以笔为枪国族魂,

行间字里见刀痕。

文章志士仁人事,

酹酒迅翁分一尊。

二

家书欢喜陪冬秀,

日记辛勤伴一生。

尝得古今甘苦味,

适之健笔意纵横。

三

围城人海心非死,

绕树诗情意不平。

最是钻窗蜂早出,

锺书绝学是聪明。

## 四

读书为己不言功,

肥瘠穷通一笑中。

士有迷魂招不得,

振衣千仞是寅翁。

## 五

老身已是前滩浪,

犹望玉峰景未收。

莫道潮高风又大,

前滩且作水痕留。

某馆长问事于余猛忆有商家昔曾邀余加盟一古籍项目允敝馆约二十余种精善本再印或已面世矣惊梦一场颇释然转念及藏固安稳印亦欣然戏得一绝以记之

酒在樽中月在身，
青鞋杖履任风尘。
纵教散尽家中宝，
终有千山云水亲。

### 晨起校园口占

天际揉蓝未有涯，
亭边荷盖受风斜。
莫嗟过客穿园去，
剪取秋光留岁华。

## 题王欣夫先生诞辰百二周年藏书展

昆玉焚剽后， 幽兰锄刈余。

牛棚悲往事， 蛾箧见残书。

琅宝含光久， 精钞落笔初。

缥缃魂聚语， 眷眷慰存渠。


## 君来

### 一

君来秋日波罗蜜，

一镇拈花望似空。

谁人持念紧箍咒，

咫尺灵山未许通。

二

事如春梦雨兼风,

身似溪云西复东。

无所从来无所去,

夜凉天净月当空。


三

本来无住亦无心,

高树晚飔披我襟。

一念三千皆放下,

晴空粉碎地沉沉。

## 第二十三届年会闭幕自羊城返沪

一

樟林湖畔漾幽香,

客乃久要不可忘。

一自新晴狂雨后,

论文析理费商量。


二

珍重文缘共一堂,

相逢劫后太温良。

何当再振兴观义,

纵目举头望八荒。

## 三

不叹两鬓各苍苍,

已慰后生忽数行。

绿皮火车回忆在,

山重水复吴天长。


## 四

文似挽弓当挽强,

花城连日雨愁长。

莫嗟未了春天意,

樱季珞珈再举觞。

五

花自相连叶自当,

暨南团队将兵强。

料君各自书窗夜,

湖畔香樟入梦长。

## 题中国文论癸卯苏州高端论坛闭幕

一

十里琅玕照鬓丝,

今年筋力旺山知。

传语登高能赋者,

春光未老待新诗。

二

茶坡渐老枇杷新,

一角林间看未真。

瞻望在前忽在后,

山亭恐是古人身。

## 香港城市大学八日访学杂诗

一

十五年光叹掷梭,

重来讲学发幡幡。

故人指点窗台问,

曾住此间记得么。①

---

① 张永珍楼,城大宾舍。

二

花自飘飞鸟自歌,

晴光转黯杏红俄。

如何不舍春归去,

日日窗前唱苦呵。①

三②

青螺点点鬈云窝,

臂肘弯弯缓缓波。

牛喘一声惊梦起,

悄然失魄落山阿。

---

① 宾舍前一种黑鸟名为"苦熬鸟"。
② 题大滩湾。

## 四

春水淳泓鳜正肥,

万民贴岸一车飞。

客中已忘天涯远,

渔火初明人未归。①

## 五

初夏风来不自持,

情随岸浪去还迟。

忽然路转疏林外,

海下村边心上诗。②

---

① 讲座后,春泓邀游赤柱,万民驱车,沐风食蛤,盘桓至夜方返。
② 阿婷邀我夫妇经西贡,乘村巴约十五分钟,徒步游海下湾。

## 六

愧我步摇筋力微，

远山茫海如何归。

有人摆渡浪花舞，

黄石南风一艇飞。①


## 七

眼底青山万丈坡，

腾身即在绿云窝。

床边设栏释客问，

儿子翻身惊梦多。②

---

① 幸有宿营者联系快船，往黄石乘大巴还西贡。

② 阿婷邀晚餐，于将军澳康城五十几层，楼宇填海而建，极为壮观。

## 八

无多扰更无多虑,

又一城逢又一春。

宁得肥甘才是味,

暂栖光影只缘尘。①

## 九

落花流水春犹在,

低户飞星夜已残。②

情忆无穷心未了,

崎岖长路不言寒。

---

① 又一城小吃多样,电影丰富。
② 电影中最喜《流水落花》。

十[①]

山路缠湾长有约,
麻鹰绕顶最多情。
三张二陆两潘左,
输与当今意纵横。

十一

尖椒煎酿味如何,
葛粉肉圆嚼劲多。[②]
最是称心儿女好,
庭树新新长绿柯。

---

① 题张隆溪、张宏生、张健教授《香港行山杂咏》。
② 万民教授新居家宴。

## 自题香港城大讲座

不见香江岁月惊,

来探劫后几分春。

惯经幻相替真相,

且唤机身说道身。①

失怙儿郎丝鬓白,

归乡游子梦痕新。

熙熙灯火穿街过,

随处商家已动人。

---

① 余应邀讲 AI 作诗及其影响。

# 记岁

**庚子劝读歌三首**

一

靖氛舒雨又新枝,
学子天涯共此时。
最是书香难忘处,
江春海日忆唐诗。


二

青灯有味似儿时,
已叹百川逝不迟。
翰海无穷愿不尽,
书生长恨鬓成丝。

三

读书不肯为人忙,

走马春郊油菜黄。

抛却手机停却信,

一灯明灭古人乡。

## 长安愁诗三首

一

长安不见使人愁,

万户千家困守楼。

去岁武昌江上雨,

丝丝点点到心头。

二

长安不语使人愁,

只道天凉好个秋。

唯是书空呼咄咄,

最怜无地可埋忧。


三

长安无奈使人愁,

风雨纵横乱入楼。

牛岁疲牛难负重,

曲江委曲似停流。

## 樱花八首

### 一

野兽美人结伴行,

寒梅冻雪舞风生。

樱花不管疫情险,

依旧年年照眼明。

### 二

堆云烘日十分春,

怎奈九分风雨频。

身陷污泥成萎悴,

无私最似白衣人。

## 三

三月飞樱衣上花,

樱花万树烂于霞。

楚人相送樱花里,

万瓣樱花不足嗟。①

## 四

片片樱飘减却春,

飞飞愁杀赏花人。

分明一段江南恨,

幸有要离与卜邻。

---

① 庚子年武汉市民送上海医生。

## 五

似海樱红压众宾,

如云樱白荡成尘。

不知河畔樱花雨,

沐尽匆匆几辈人。

## 六

匆匆繁艳一时新,

大闹春光有几人。

独有樱花知此意,

年年豪气赴芳尘。

## 七

落樱小径我身孤,

千幅美图总不如。

为问投琼飞玉树,

花期可到疫宁无。

## 八

繁樱如雪又伤春,

莹玉冰清境绝尘。

最是无边花雨下,

沾衣拂鬓绊归人。

# 借问

## 一

月明流调众楼间,

雪尽晴天绿马还。

借问梅花何处落,

风吹一夜满西湾。

## 二

雨中红绽樱千树,

风外青摇柳万条。

借问春光谁管领,

只余蝴蝶过虹桥。

三

丽娃河畔传消息,

七日愁添鬓几丝。

借问客心何处寄,

一只绿马去来时。


四

星光微映禁门开,

无饮粗粮夜漏催。

借问吴侬忙底事,

晨兴大白月斜回。

## 五

志工送饭透盒香,

笔电耳机更夜长。

借问青青河畔草,

几回经雨复经霜。

## 题阳台新花二首

### 一

不辞轻寒二月天,

繁枝醉朵逐风颠。

问侬何意花期恼,

到了窗边又桌边。

### 二

霞彩如云云在天,

人花两忘忘华颠。

高楼系马少年事,

渴饮千杯梦枕边。

## 题贵阳家中银柳四首

一

怪来昨夜向花间,

一见春花梦故山。

我问春花家好不,

春花问我几时还。

二

满目春光人共夸,

东风银柳是谁家。

花尚无心能伴母,

为何儿更不如花。

三

心随花气到家中,

一瓣一言花意通。

莫放寒流窗外入,

花期唯恐太匆匆。

## 四

一瓶娉娉屏中画,

乡路遥遥梦里家。

夜半无眠依月照,

不知是我是春花。


## 新月

白昼睡而醒, 哀时说梦兆。

兔丝疾无端, 虎尾忧未了。

寒热愁冰霜, 阴阳测昏晓。

忽然暮色中, 新月一弯小。

## 亚中招邀香雪海感赋六首

一

攀过灵峰穿雪海，

寻花慰我梦迢迢。

江南第一春宵酒，

唯伴此君醉里消。


二

料峭西山二月寒，

花中君子画中看。

最是报春风信好，

三年霜剑话来难。

## 三

分香烘日到仙家,

人在云端八月槎。

梦里不知花是幻,

更听仙乐忘年华。

## 四

灵韵姑苏最此山,

天香雪海翠云鬟。

如何何逊千年寄,

化作春魂岁岁还。

五

凤泊鸾飘古道遥,

江南诗魄倩谁招。

心期亚老梅花约,

记得年年梦此宵。


六

二十年前逸兴同,

引驰伉俪忆相逢。

人间多少沧桑事,

香海飞花雾几重。

# 记友

## 哭萧驰

一

本性矫然脱樊笼,

忽焉长逝绝音容。

爱琴海畔餐霞客,

纵浪凌波第几峰。

## 二

船山探罢探禅窟,

诗国川河忆旧游。

知有无穷精进义,

须臾不舍向东流。


## 三

雅典同车寻古源,

中西精彩寄深论。

不知迈锡尼星月,

更向何人招梦魂。

## 萧驰教授挽诗十七韵

中秋前一日，　噩耗殊惊疑。

吾友萧夫子，　从来气不衰。

孰言一扑跌，　遽尔竟长辞。

乡梦爱琴海，　归途魂一丝。

狮城数十载，　著书半生痴。

高文早拔萃，　骏马自奔驰。

曾造萧兄室，　晨昏不计时。

庠塾置睡榻，　文字可疗饥。

万古典经意，　昼冥一遇之。

去年迈锡尼，　一路同搜奇。

阿伽门农墓，　涅斯托耳祠。

年初曾通话，　编译万川书。

又忆朱家角，　水乡畅所思。

本来美院约，　诗酒待共持。

哀恸讵能言，　抚心忽如锥。

邈然河山远，　何处奠神姿。

悬剑终空垄，　弦歌安可期。

## 萧先生挽诗十五韵

罡风才消歇，　时疫旋转剧。

水火蔓全球，　康宁思幻迹。

嗟我华荣师，　倏为黄泉客。

噩耗来一旦，　人天已永隔。

如何久不晤，　相邻在咫尺。

黯然失耆英，　何处再请益。

伊昔课学业，　萧公善鞭策。

随口能弦诵，　妙手通络脉。

指斥时文瘘，　黄茅白苇厄。

为人作嫁苦，　诗心每自惜。

声名迫不骞，　教书未暖席。

忧生常念远，　空怀谢公屐。

著述矜独创，　清言皎如璧。

风清骨骏士，　一快解形役。

怆然抚新书，　太息恸不释。


附挽联一则：萧驰教授千古

如斯学侠今古中西尽大力凿通文留天壤不期英雄梦断

最是情种一草一木皆深情领略诗与山河伫盼游子魂归

——胡晓明敬悼

## 遥寄南开张毅盛江洪德诸友

不有津门守，　何来我辈安。

屏中通信息，　异地闻忧叹。

应未怜衰幼，　几回测核酸。

料知除夕月，　照亮合家欢。


## 题吴公承学陈公尚君获思勉大奖

### 一

卅年辛苦岂寻常，

谁是当今文体王。

待向高楼舒老眼，

篇终破体接微茫。


### 二

一龙腾跃压三军，

天下何人能及君。①

又是达夫别董大，

北风吹雁雪纷纷。

---

① 尚君属龙。

## 程章灿馆长辞位赋寄

早闻稽古似桓荣,

未老如何即退耕。

福地本来添乐事,

南雍端是得芳名。

岂思花半酒将半,

不待倾心又尽情。[1]

丛桂明年花再发,

何人天禄颂诗声。[2]

## 附程章灿:辛丑冬至余卸任馆长胡公晓明馆长寄诗相贺因步其韵以答之

还山岁暮得恩荣,

更喜三余肆笔耕。

作嫁衣裳为书卷,

随人粥饭愧虚名。

新妆过眼纷无数,

旧梦萦心最有情。

昼短夜长当此日,

相期园柳变禽声。

---

[1] 程馆长曾授课"'半'字的诗学与美学"。

[2] 程馆长曾应邀在敝馆讲解"中国文学中的图书馆"。

## 王新才馆长辞位赋寄

诗人馆长早知名,

北美轻车盖便倾。①

邺架深山藏雾豹,

樱花时节醉啼莺。

唱酬每叹音声妙,

感慨孰知襟抱诚。

来岁珞珈花烂漫,

尽偿诗债喜身轻。

## 附王新才：胡公晓明教授闻余辞任赋诗见寄因步韵以酬

哪期竟渐以诗名,

回首生涯日已倾。

微耳不堪闻噪雀,

盈肠最适付啼莺。

每思水岸千堆雪,

好养胸中一点诚。

驽马难能欣卸任,

惜无处泛海桴轻。

---

① 余与新才兄初识于北美馆长考察团。

## 自题辞位一首寄诸友

壬寅辞馆倦怀开,

老骥生涯自此回。

烟水盈襟青眼待,

风霜点鬓壮心摧。

掉缸痴鼠醒尘梦,

止渴阿瞒望野梅。

珍重亭前垂柳意,

春风依旧且衔杯。


## 刘志伟兄相邀赴中州会未成行赋诗相贺

中州盛会人天和,

引领时代发新歌。

荆山莹莹连璧重,

灵蛇累累贯珠多。

博物君子兼艺道,

更于高处争巍峨。

古今中西汇一杭,

新思沛若决江河。

志伟招我聚,刘强邀我酒,

郑州向来只是梦中过，

忽然神游九千仞，

一梦飞去青天摩。

祥云直降华智酒店会议室，

子产文选古小说，

戏剧动漫视觉化，

五音繁会交枝柯。


**题友人寄莲蓬**

剪取秋光一掬香，

玉珠莹洁漾幽芳。

莫嗟莲子清如许，

总是江南惹恨长。

## 题润民追光八阕后

曾几相逢如此夜,

惊秋白发是吾身。

摇心月色依然好,

重看海滨桂树新。


## 七律一首奉祝杨明先生八十大寿

名师耄耋喜新晴,

冬日添温照眼明。

姓字平生标论史,

精思跬步傲鹏程。

南朝美典流波在,

朴学新声鸾凤鸣。

待到疫宁当献酒,

红包先领后生情。

## 挽王胤先生

一

前世敦煌客， 今生供养人。

达心廿载契， 持像梦里亲。

千驿拈花笑， 一苇证果珍。

今夜沙洲月， 泪眼望春申。


二

昙猷千岁后， 游历到天台。

岂料英年逝， 唯余瀑水哀。

遗声传翠谷， 留影忆隋梅。

挥手登华顶， 云游去不回。

## 挽刘学洙先生

### 一

天眼徐开地， 宁忘錾凿功。

扬帆沐谷雨， 鸣世播新风。

旧月清辉永， 高情竹韵通。

昔承推奖厚， 何处哭洙公。

### 二

今春忆探视， 把晤怀殷忧。

冷眼热肠在， 童心侠骨留。

有怀失暑月， 一别遂千秋。

静默无人送， 鹤飞已远游。

## 题费永明先生捐赠手稿馆藏品

### 一

卅载生涯百样笺,

更从劫后补苍天。

三生石上旧精魄,

奕奕神光楮墨间。

### 二

零金断玉费收寻,

一叶一笺俱有情。

好是当年颠仆后,

终迎照眼满楼明。

## 题伯海教授获杰出贡献奖

一花一叶自芳菲,

步步攀登向翠微。

更泛轻舟观海若,

天边秋水有人归。

# 记书

## 题钱锺书论列子二氏并举托孔赞佛[1]有感而作二首

### 一

弃蓰皆因肯转师,

自由思想六朝时。

天台名赋泯空色,

支遁褒庄花满枝。

### 二

舟有中流自在行,

无人野渡篙长横。

如何三氏无相毁,

千载高人不世情。

---

[1] 见《管锥编·列子张湛注》。

**自题鹏背集五首**

一

偶随鹏背上云端,

记得云端涌大观。

一片鼾声颠倒梦,

无人起就夜窗看。


二

诗韵即同娇韵伴,

机声犹似漏声残。

每闻桌板须收好,

总有心音吟未安。

## 三

诗篇七绝最清欢,

起合转承共一叹。

世味一如诗味永,

更如鹏背过云湍。


## 四

长空万里振飞翰,

兴发青飙气上干。

时有捉诗垃圾袋,

污泥莲叶碧团团。

五

两句新诗摩荡后,

一番苦旅又将阑。

莫嗟殆也无涯路,

万户簪灯月未残。


## 奉悉程章灿教授赠江南通志感赋二首

一

文脉新新前世缘,

馨香沐手展吟笺。

相思王谢堂前燕,

肯伴愚夫悄不眠。

二

郁葱佳气藉君传，

十帧缣缃纳大千。

且欲打通文字障，

春风千里雨花天。①

## 题陈平原教授手稿集

一

谁将手迹惜如珠，

往事前朝剩墨朱。

留得温馨心影在，

任他桑海证麻姑。

---

① 适逢上海博物馆举办"春风千里——江南文化艺术展"，余亦与其事也。

二

未名湖畔尚余晖,

写入毫端接翠微。

最是书生千古梦,

芸窗夜色剑能飞。

## 邓小军教授撰文永王璘案真相并释李白永王东巡歌十一首踏勘江西南昌永王墓得句满村能说璘名字感赋二首

一

一篇翻案含孤愤,

千古沉冤慰九泉。

莫怪诗仙玷辱甚,

英名青史几人还。

二

千里谁人访永王,

茫茫岁月已相忘。

满村能说璘名字,

疑是桃源世外乡。

## 题郑逸梅先生手稿入藏我馆

一

云朵衣裳手自裁,

散花仙子向春台。

莫嗟海上风人远,

疏影横枝入馆来。

## 二

天际云莺多烂漫,

旧时月色更低徊。

凭谁牛背听横笛,

今日重开二度梅。

## 三

悼凤伤麟古所叹,

焚琴折箎更抛残。

居然剩墨余笺内,

犹有当年角声寒。[①]

---

① 闻郑有慧女史言及"文革"事。

## 奉悉梦选楼诗存次静如韵

帽破衣宽骨相寒,

本来驴背是吟鞍。

痴随夸父追乌事,

幻作大鹏梦里天。

九万里风将敛翅,

三分斗酒让先鞭。

游魂倩女思归梦,

改辙潘郎人未旋。


## 附潘静如:误认胡公鹏背集为驴背集书此解嘲

驴背久无高士坐,

硬唤胡公且试鞍。

漫轻临地才三尺,

不减骑鹏上九天。

近揽湖山无障翳,

曾劳李杜著吟鞭。

而今况是及春半,

好踏泥香自在旋。

## 题王水照文集发布暨学术研讨会三首

### 一

劫后欣欣岁复春,

皇皇十卷贵求真。

人文华夏青山在,

耄耋名师白发新。

### 二

诗乡文境养天真,

想见先生秋复春。

烛照宋贤精彩处,

行间字里墨如新。

### 三

满座争传识道真,

风来海上霎时春。

如何今古终相接,

天水文章照眼新。

# 题图

### 题纽约中央公园奇妙事[①]

人心彼此犹墙立,

忽有琴歌意最真。

纽约中央漂泊客,

莫非周召是前身。

---

[①] 短视频纽约中央公园华人学生遇音乐家,先疑彼乃卖艺,后知音乐家为艺术而放弃富贵。

# 题新闰土图三首[①]

## 一

迅翁转世多奇遇,

闰土如今扬令名。

本是哀深兼怨重,

化为疗愈与矜平。

## 二

总是新潮教育家,

垂怜乡伴独咨嗟。

不知闰土素贫贱,

无所贬褒无所夸。

---

[①] 题短视频"回村三天,闰土治好了我的精神内耗"。

三

尖酸甘蜜总非殊,

谁画新编闰土图。

莫道世人肯相顾,

何来天意悯无辜。


## 题师训班合影图赠引驰兄

佳会当年一世雄,

曾从故老作书童。

凭君鸿影依稀处,

认取春天花信风。

## 题韦伯镜影图①

一

尔来百卅亿年事，

星火微光思渺然。

韦伯不知天已老，

苦将倩影向人传。

二

星光无限夜无穷，

亘古飞行梦不通。

蜗战蛮争人类世，

又何天问访鸿蒙。

---

① 韦伯天文望远镜传来地球一百三十亿年前图像。

## 三

光年浩瀚恍心惊,

一镜终成天眼睛。

记得初开七窍后,

聪明万种误卿卿。

## 四

星畔何人梦自孤,

是空是色本无殊。

无情宇宙弗知老,

输与梵古长夜图。

**题荒漠枯泉图**①

渐观世界海生桑,

濯足涸泉望八荒。

莫怪仰天成一啸,

忧生托命总堪伤。


**题大雁失路图**②

黭黭重云雷雨围,

寒生林莽雁分飞。

无端回首千山暮,

杳渺乡关何处归。

---

①② 张润更先生摄影大漠风光。

**题钱默存先生像**

槐聚蜗争冷眼观,

管窥锥指会心欢。

书中修得回魂术,

常与后生含笑看。


**题朱光潜先生像**

春草池塘夜听蛙,

枯藤老树乱飞鸦。

一篇诗论醇如酒,

品尽年华与梦华。

**题文明之殇图**①

巴米扬山转眼非,

壁龛崩片满天飞。

如何千载文明后,

负尽唐僧心事微。


**题原野太极图**②

风满衣襟云满天,

气澄心脉草澄鲜。

等闲白鹤轻翩后,

便到元初一划先。

---

① 巴米扬佛像残余图。
② 张润更先生摄影草原风光。

## 题宋琳手稿图

### 一

手书犹似气纵横,

墨点纷如雨玉琤。

同是丽娃花下客,

一枝一叶总关情。


### 二

放飞日月笼中鸟,

早看乾坤水上萍。

遥想雪风花月地,

青山万古漾芳馨。

**题时代周刊图**[1]

八月销兵一纸书,

机场亡命万人呼。

无须看尽新官戏,

终古长袍怨眼枯。


**题草原小羊图**[2]

小羊化我朝朝见,

纤手扬鞭日日亲。

记得温麑无限爱,

草原深处踏歌人。

---

[1] 美国《时代周刊》封面美军撤出巴格达机场。
[2] 张润更先生摄影草原风光。

## 题败登图[①]

### 一

西飞黄鹤化云烟,

断路空梯剧可怜。

万户揪心伤故国,

千家举首向苍天。

### 二

春梦难凭真尔意,

秋霜无限似侬愁。

危楼已绝他生路,

尚有底楼人未休。

---

① 美国《时代周刊》漫画绘制美军撤出巴格达机场。"败登"谐音拜登,意指美军之失败撤退。

三

不拜神仙不拜登，

自身光价为谁增。

无须更向苍天问，

唤起人心能不能。


## 题吐火罗国近事图
一

波斯罗马大英王，

露水鸳鸯瓦上霜。

今夜伊何婚约毁，

喀城孤月是凄凉。

## 二

东伊刀剑闪寒光,

中亚腥氛又启疆。

一自黑云临哨所,

暗风吹雨入沙场。

## 三①

大佛世思巴米扬,

女孩谁遣凿睛人。

无毛有脚长袍客,

太祖当年敢不臣。

---

① 《时代周刊》女孩凿睛图。

**题小驹求乳图**①

茫茫原野草深深，

求乳青驹饿不禁。

莫怪老妈停喂奶，

茫茫原野草深深。


**题故辙草坡图**②

车辙弯弯携酒过，

草肥风暖牧羊坡。

谁教长醉成长叹，

逸兴狂书好了歌。

---

①② 张润更先生摄影草原风光。

## 题饮马春渚图[①]

昨夜新虫细语低,

梦醒沙岸草萋萋。

偶听风杳荡清响,

春水沙汀信马蹄。


## 题上海航天卫星访火星图

问天屈子梦犹存,

谁上苍穹叩九阍。

万古丹霄惊日月,

一条白练舞乾坤。

人间百劫飞初渡,

大地千家睡正温。

银汉深深飙欻过,

长征此日赋招魂。

---

① 张润更先生摄影草原风光。

## 戏题俞宁教授小熊春意图

一

别来无恙转多姿，

绿树明窗瞥见时。

此女有情春有泪，

惜无教授斗腰肢。


二

贾氏窥帘春意好，

孤怀一往负芳时。

如何寂寞深深院，

原是俺家知不知。

三

不知春去几多时,

一夜全球醒梦思。

莫道山中粮肉好,

此番来意有谁知。

**题小平诞辰图**

思君岁月令人老,

豁目春山只自青。

莫问前程风雨夜,

长川大道不容停。

# 题中堂名句图

## 一

烟飞大渡腥风远,

虎跳金沙白浪豗。

一自夔门摩荡后,

奔流到海不复回。

## 二

壁立千崖秋气高,

谁人痛饮读离骚。

风流豪宕声云汉,

知是黄河壶口涛。

## 题溪山琴会图

一

本来琴况只心知，

淡远清微是古时。

记得溪山秋夜好，

三生花语最相思。①


二

梧桐高处凤凰吟，

歌舞场中谁抱琴。

曲罢不知声袅绕，

溪山才是帝尧音。②

---

① 新编琴曲《三生花语》似更好听。
② 《吕氏春秋·古乐》："帝尧立，乃命质为乐，质乃效山林溪谷之音以歌。"

## 题广州年会图

曾看芳草变青青,

又作花林叶叶馨。

流水有情花有意,

蛮腰再搂忆曾经。


## 题青海黄云图

一

青海黄云欲卷沙,

孤城遥想起长嗟。

不知今夜关山月,

冷雨霜风照几家。

二

静默难安隔离人,

恩波苦盼活辙鳞。

屏中痛痒关情处,

莫道相看是幸民。

## 题稗草蛀虫图

但见芝兰间稗草,

谁言桃李藏蛀虫。

黉宫师道终消歇,

听取留言叱问中。

**题法国舞者图** ①

旋飞旋落非如醉,

花谢花开不负春。

十字难逃谁领会,

西西弗是舞中人。


**题卫星撞天图** ②

广寒宫外万千星,

亘古森森梦不醒。

忽有刑天干戚舞,

不教天帝笑零丁。

---

① 题短视频法国舞者利用特殊舞台跌落又弹起不断反复。

② 美国卫星撞击小行星使其偏离轨道图。

# 附录

## 孔学堂之私人地名小辞典

### 小引

余游加国之班夫湖（Banff Lake），私名之"伴巫湖"，言其幽渺莫名，如古巫之降临；往蒙特利尔（法语：Montréal，英语：Montreal），私名之"满翠儿"，美彼一城青绿，似春神之轻舞。余如亚拉巴马州之"娑窠湖"（Shocco Lake）、密西西比州之"星眸镇"（Starkwill City）云云，无非自弄狡狯，不止效颦志摩先生之"翡冷翠""枫丹白露"，亦吾儒所谓"夷狄入中国（文），则中国（文）之"及谢康乐、王摩诘之雅尚也。余游孔学堂，有恨于周边神隐星散之秘境，小径、野亭、荒渚，寂寂如弃，莫非诗人皆如东坡所谓"四年黄州，无言李琪"乎？因作此小辞典，以经年雪藏之娇色，还诸世人；待有意增华之诗家，美彼蛮貊。是为引。

## 叠翠渚

过桥，未进孔学堂山门之前，先左入野径，循花溪河南行，约二百余米，水石相激之声渐大，穿林见一水渚，有乱石溪中，次第接引游人而入。渚中见一钓者，彼不语余，余亦不语彼，相见无言，唯见二水分流，或静而深，或激而湍，八面远方，层层翠色相拥，名之为"叠翠渚"。唐人方干诗句"众山寒叠翠，两派绿分声"，此情此景也。隐秘指数为七点五。

## 枕溪轩

大成精舍下坡，坡中段左面，有樵夫小道，曲折拾级而上，约二百米，即得此轩。或原山体公园入口处往上，亦有步道。林木萧疏，落叶满坡，轩前有一石，刻有"捷报亭"三字，亦不知何事而捷、何年而报？轩檐两层，广约三十平方米，有窗棂、回廊，然轩前杂树丛生，视野全蔽，甚怅怅。安得斩却恶荆，尽舒老眼，看岚光半浮，轻鸥浅翔；或午后倦卧廊阶，枕溪山与鸟啼相伴而小憩，何等受用。姑名之曰"枕溪轩"。隐秘指数为六点五。

## 半亩台

枕溪轩之上方，更有野径，逶迤而上，径无土而多碎石，盖山雨下泻之溪床也。一日，忽有大蟾蜍当道，怒目鼓腹，投石而不去。渐行渐深，草多有及肩处，穿草丛，沾一身清露而出。过大片坟坡，峭壁悬崖之下，豁然开朗，约半亩土地，故名之曰"半亩台"。"半亩"乃中国旧文人之理想生活，含劳动、中庸、克制欲望、悠闲等古义。"半亩荒园自看锄，雨中时复撷新蔬""对一溪春水，卧半亩闲云"，不胜枚举。远处有晴岚、山峦，青天一洗、城市一角、霞光一缕。看白鹭翩翩，极舒老目而涤尘怀。采得椒香一束而下山。时程约两小时。隐秘指数为九点五。

## 无字亭

距半亩台约二百米，一方亭寂然，黑柱白顶，远眺视线甚佳。无亭名，无楹联，余亦无以名之，姑名曰"无字亭"。取老子所谓有无相生之义。隐秘指数为九点零。

## 双臂坡

十里河滩南段，步道入口后两百米，有石阶攀山坡，蜿蜒而上。约三四公里后，又下山入花溪步道。路失修，窄处仅可一人。栏杆断处，须小心。最高顶，极豁眼目，可见远处花溪河一湾，白亮如美人舒臂，此为一臂。山路盘旋弯曲而抱，苍劲如老汉伸臂，此又为一臂。故名之"双臂坡"。取山水相抱、阴阳缠绕之义。隐秘指数为七点五。

## 琴石径

十里河滩北段，有湿地小道，以长条石相间相接，曲折而行，一边是山泉汩汩如歌，一边是湿地静水深流，人行其间，如足按琴键而心聆天籁。"远涧自倾曲，石潄复戋戋"，若忽逢惊起鸥鹭，亦恰如广陵琴派之《潇湘水云》，划然变轩昂。故名之曰"琴石径"。

## 玩月庭

在大成精舍天街之上。一峰兀然，水木澄鲜。春雨乍收之时，晨起太极，身心清举，不知斯世何世也。夏夜最可玩月，或看月轮沉浮，或沐清光如水，尘劳烦闷之生，得此萧旷，心神俱化。晋人所谓每闻清歌，一往情深者也。故名之曰"玩月庭"。隐秘指数为五点零。

## 苏雨亭

在玩月庭下方。宜晨兴静坐，宜月夜清谈，宜雨苏春日，宜鸟听半声。隐秘指数为五点零。

## 无尽藏台

在孔学堂对面，民大所修木栈道。约两百米。一阁临空，四面清风吹廊外，一层朱槛俯清溪。十里河滩行吟，实乃智者乐水，如入琉璃屏风，曲曲引人入胜；而无尽藏台眺望，则似仁者乐山，如展长幅手卷，山山皆有情味。坡老所谓清风明月，是造物者之无尽藏也。清风明月本无价，然可注意者，此地无违停标志，却有隐秘监控，余多次驱车接友人赏清风明月，曾付大笔罚单。景观隐秘指数为七点五。监控隐秘指数为十。

## 跋

何谓"私人辞典"？咄！明明是公家景观，云何"私人"？噫，哲人不云乎："你未看此花时，此花与汝心同归于寂。你来见此花时，则此花颜色一时明白起来。"诗人亦乐云："我见青山多妩媚，料青山见我应如是。""山水有灵，当惊知己于千古"，余于孔学堂周边之山水，亦当彼此以知己视之也。壬寅秋日晓明敬撰。